# Un cœur pour ses 18 ans

# Un cœur pour ses 18 ans

Mélanie Lebihain

© 2022 Mélanie Lebihain

Édition : BoD – Books on Demand,
info@bod.fr
Impression : BoD – Books on Demand,
In de Tarpen 42, Norderstedt (Allemagne)
Impression à la demande

Illustration : Mélanie Lebihain

ISBN : 978-2-3224-3700-9
Dépôt légal : Août 2022

# Remerciements

Je remercie du fond du cœur Cécile, directrice de l'agence Des Ecrits en Or pour tout le travail de correction et mise en page qu'elle réalise sur mes livres.

Merci également à tous les lecteurs qui me suivent et me sont fidèles.

Auteure Mélanie Lebihain

# Chapitre 1
## Les yeux dans les yeux

Nous sommes lundi et comme tous les jours, Cindy part au collège avec Marina, sa voisine. Néanmoins, cette dernière est bien plus que ça en réalité ! C'est sa meilleure amie, celle sur qui elle peut compter à chaque instant, celle qui connaît tout d'elle. Il faut dire qu'elles se connaissent depuis plus de 8 ans. Elles jouaient ensemble à la corde à sauter, faisaient du vélo dans le lotissement, organisaient des soirées pyjama chez l'une ou l'autre, etc.

Après une petite marche de dix minutes à se raconter les petits potins du jour, elles arrivent au collège bien réveillées et de bonne humeur.

Elles y retrouvent Kevin, leur ami et camarade de classe. Le temps de discuter un peu, de rire à quelques blagues, il est déjà l'heure de rentrer en classe.

Lorsque la cloche retentit. Tous les élèves se mettent deux par deux et avancent en silence jusqu'à leur salle de classe. Il est important de noter que Cindy et Marina sont de bonnes élèves, disciplinées, à l'écoute de leurs professeurs avec de bonnes notes et des appréciations très positives.

Pour Kevin, c'est un petit peu plus compliqué. Malgré de gros efforts, ses résultats restent faibles. Pourquoi ? Tout simplement parce qu'il a tendance à se disperser facilement et à perdre tous ses moyens lors des interrogations. Il va sans dire que tout est bien difficile pour lui.

Ce lundi, la journée commence par le cours de français, cette matière que Cindy aime tant. Puis ils enchaînent avec une heure d'histoire-géographie, suivie d'un cours de sport, ce qui ravit Kevin tant il excelle dans celui-ci. S'il n'est pas à l'aise dans les études, c'est tout le contraire pour le sport, matière dans laquelle il est irréprochable. Il se plonge à corps perdu dans le football qu'il pratique d'ailleurs tous les week-ends.

Sur le terrain, il mène le jeu à la perfection, est à l'aise avec le ballon et réalise de magnifiques actions. Il est tellement dans son élément que ça se ressent dans son attitude et ses compétences. Rien à voir avec l'élève timide et décontenancé.

Marina vient le soutenir à chaque fois qu'elle le peut (elle le trouve tellement beau dans sa tenue de foot !), mais hormis Cindy qui est dans la confidence, personne n'est au courant.

Les cours s'enchaînent et la journée passe relativement vite. Il est temps pour les filles de rentrer chez elles, tout en discutant, comme elles le font chaque soir. C'est qu'elles en ont des choses à se raconter ! De vraies pipelettes ! Arrivées sous le porche de leur maison, elles se quittent jusqu'au lendemain. Cette séparation leur paraît une éternité, elles qui aiment tant être ensemble.

Une fois le goûter avalé et les devoirs effectués, Cindy peut maintenant passer du temps avec son petit frère Ryan, âgé de 9 ans et très demandeur. Pour lui faire plaisir, elle se lance dans une partie de jeux de 7 familles qu'elle remporte haut la main. La revanche est lancée ! Cette fois-ci, c'est Ryan qui gagne la manche.

Ils aiment passer du temps ensemble et sont très proches, malgré leur écart d'âge. Un lien fort les unis.

Après ce beau moment de complicité entre frère et sœur et un copieux dîner en famille, chacun file se coucher.

*****

C'est la même routine chaque jour, mais aujourd'hui, tout va être différent…

La cloche sonne. Les élèves rentrent dans leur classe et s'installent calmement. Le professeur de Mathématiques entre en dernier avec un garçon à ses côtés.

— Bonjour, je vous présente Maxime, un nouvel élève qui arrive de Gironde. Il y a une place de libre à côté de Ben, tu peux t'y installer.

Alors qu'il traverse la classe pour rejoindre sa place, Cindy ne peut s'empêcher de le fixer et admirer sa silhouette sculptée. Elle n'arrive plus à décrocher son regard de ce beau garçon assis à quelques tables d'elle. Bon d'accord, il en est de même pour lui qui contemple avec passion cette jolie blonde aux yeux bleus.

Leurs regards lumineux sont plongés l'un dans l'autre : leurs yeux brillent de mille feux !

Il y a un petit quelque chose d'indescriptible qui passe entre eux, une attirance électrique qui se fait ressentir dans toute la classe et qui ne laisse personne indifférent.

Les élèves, surpris, observent la scène en silence.

Même Monsieur Houguet s'en aperçoit et intervient avec humour :

— Allez, maintenant que tout le monde s'est bien observé, vous pouvez préparer vos affaires et ouvrir votre livre à la page 48.

Il aura bien fallu quelques secondes pour que tout le monde se reconcentre et se mette au travail. Cependant, Cindy a plus de mal à s'y plonger, malgré sa meilleure volonté.

Les cours se succèdent et la matinée défile à une telle vitesse qu'il est déjà l'heure d'aller au self. Les trois compères s'installent bien sûr à la même table et commencent à manger leur salade niçoise, tout en discutant. Cindy se fait évidemment charrier par ses amis, témoins de son attitude vis-à-vis du petit nouveau. C'est Marina qui lance les hostilités :

— Bon alors, il te fait craquer ?

— De qui tu parles ? lui répond Cindy qui rougit en même temps.

— Oh ! Ne fais pas l'innocente ! On a tous vu votre regard ! relance Kevin en la taquinant.

— Non, mais franchement, il est trop beau aussi ! lui répond-elle intimidée.

— Tiens, quand on parle du loup ! s'amuse Marina. Invite-le donc à venir avec nous.

— Oh non, non. Laissez-le ! chuchote-elle à ses amis.

A peine le temps de terminer sa phrase que la voix de Kevin résonne dans la cantine :

— Maxime ? Tu peux venir avec nous si tu veux ?

— Merci, avec plaisir, répond-il avec le sourire jusqu'aux oreilles en apercevant la belle Cindy.

Assis l'un en face de l'autre, la scène d'il y a quelques heures se répète. Leur regard éclatant et leur sourire béat en disent long sur leurs pensées.

Heureusement que Kevin et Marina sont là pour démarrer la conversation. En plus de le trouver beau, Cindy le trouve également très gentil. Il a tout pour plaire ce nouvel élève !

Des jours, des semaines plus tard et c'est maintenant un groupe de quatre qui ne se quitte plus. Le courant est très vite passé avec les trois amis. Ils passent leurs récréations et déjeunent ensemble tous les jours.

Ce midi, alors qu'ils sont à la fin de leur repas, assis l'un à côté de l'autre, Maxime ne peut résister à l'envie de prendre la main de Cindy dans la sienne. Sous le regard amusé et attendri de leurs camarades, elle resserre ses doigts et lui lance un sourire plein de tendresse.

Le lendemain matin, en se dirigeant vers le collège, Cindy se livre à sa meilleure amie :

— Maxime me plaît vraiment, tu sais ?

— Bien sûr que je le sais. Ça se voit tellement ! Il est fou de toi lui aussi, lui répond Marina enjouée.

— Tu es sûre ?

— Évident !

— Et toi alors, avec Kevin ? Tu devrais lui dire ce que tu ressens pour lui.

— Non, je ne peux pas ! Je ne veux pas risquer de gâcher notre amitié, elle est trop sacrée.

C'est sur cette conversation qu'ils arrivent devant le collège, où Maxime et Kevin les attendent déjà. Alors que Kevin et Marina passent devant, Maxime en profite pour s'approcher de Cindy, pour passer la main dans ses longs cheveux et lui adresser un baiser langoureux. Elle lui rend évidemment le même, avec toute son affection.

Ils ont tous deux déjà eu des petites amourettes qui n'ont pas duré bien longtemps, mais ce qu'ils ressentent aujourd'hui l'un pour l'autre est une première. Un coup de foudre certain, mais est-ce que ces sentiments perdurer dans le temps ? Cindy n'a que 15 ans, mais elle en est sûre, c'est lui le bon ! C'est lui l'homme de sa vie !

Depuis que ce joli petit couple compose le groupe, Marina se pose beaucoup de questions. Elle est attirée par Kevin depuis la rentrée scolaire, mais leur amitié a pris le dessus et elle n'ose pas lui en parler. Quel dommage ! Il ressent peut-être la même chose qu'elle, mais il est tellement timide que c'est difficile à savoir. Cindy, voulant aider sa meilleure amie, la motive régulièrement, ce qui est encore le cas aujourd'hui. En passant au self, elle lui lance des perches :

— On dirait deux petits couples !

Kévin rougit et plonge son regard dans son plateau. Quant à Marina, c'est un regard noir qu'elle lance à son amie.

Cindy relance :

— On pourrait peut-être aller au cinéma tous les quatre ce soir ?

— Oui, c'est une bonne idée, lui répond Maxime enthousiaste.

— Pourquoi pas ? dit Marina en regardant Kevin. Tu peux venir toi aussi ?

— Oui, c'est bon pour moi.

C'est ainsi qu'ils se retrouvent tous les quatre au cinéma, le soir même. Plongés dans le noir, Marina se motive et pose délicatement sa main sur celle de Kevin. L'air tout intimidé, il la regarde furtivement et continue de visionner le film. Quelques instants plus tard, elle prend confiance et pose doucement sa tête sur son épaule. Il lui dépose alors un baiser sur le front : la voilà soulagée.

Le soir même, les deux tourtereaux s'envoient des SMS. Marina lui explique alors qu'elle ressent plus que de l'amitié pour lui, mais qu'elle ne veut rien gâcher. Au moment où elle reçoit sa réponse, elle est sous le choc et la lit plusieurs fois pour être sûre :

*"Ça me fait plaisir que tu me dises cela. C'est pareil pour moi, mes sentiments pour toi ont évolué, mais je ne savais pas comment te le dire."*

Ce sont donc deux couples qui se sont formés l'un après l'autre. La rencontre inattendue et le coup de foudre entre Maxime et Cindy ont permis aux deux autres amis, attirés l'un vers l'autre, de se dévoiler eux aussi leurs sentiments qui évoluaient depuis quelques temps.

Ils profitent tous les quatre de leur jeunesse, se retrouvent au Skatepark d'à-côté et filent le grand amour. Quant aux deux amies et confidentes, elles se racontent bien sûr tous les détails croustillants de leur relation amoureuse mutuelle.

# Chapitre 2
# Un cadeau empoisonné à 10 ans

Les filles sont complices depuis de longues années maintenant. Il faut dire que Marina avait emménagé dans ce lotissement paisible, alors qu'elle n'avait que 7 ans. C'est avec plaisir qu'elle avait fait connaissance avec sa petite voisine du même âge. Cindy avait bien un petit frère, mais beaucoup trop petit pour jouer avec elle. Il avait un an et prenait beaucoup de place à la maison : Ryan par ci, Ryan par là. Elle avait l'impression qu'il n'y en avait que pour lui, alors avoir une voisine l'enthousiasmait.

Pendant que ses parents faisaient les allers-retours incessants du camion à la maison avec les bras chargés de cartons, Marina jouait tranquillement aux poupées dans le jardin. Apercevant une petite fille seule dans la cour d'en face, elle lui fit signe de venir jouer avec elle et c'est ainsi que les voisines avaient pu échanger pour la première fois :

— Bonjour, tu es nouvelle ? lui demandait alors Cindy, une fois à côté d'elle.

— Oui, on vient d'emménager. Tu veux jouer avec moi ?

— D'accord. Oui, je veux bien.

— Bonjour Mademoiselle, enchantée de te connaître, lui dit la maman qui avait décidé de faire une petite pause bien méritée. Elle en profita pour leur proposer une petite collation qu'elles acceptèrent avec plaisir.

Elle était ravie de voir que sa fille se faisait déjà une petite copine. Ce n'est jamais évident de recommencer sa vie dans un lieu inconnu, sans connaître qui que ce soit. Marina leur avait d'ailleurs montré quelques inquiétudes vis-à-vis de ce déménagement soudain, mais une mutation professionnelle qui donnait lieu à une belle promotion avait été proposée à son papa. Le couple avait alors pris rapidement la décision d'accepter ce changement de vie.

Par la suite, les voisines se voyaient comme cela, une fois de temps en temps pour jouer tranquillement ensemble : une fois chez Cindy pour faire de la balançoire, une fois chez Marina pour sauter dans le trampoline…

Plus le temps passait et plus elles appréciaient ces moments de complicité qui se créaient entre elles. Elles se voyaient donc plus régulièrement, au grand plaisir de leurs parents. Elles grandissaient ensemble, l'une à côté de l'autre et partageaient des moments importants de leur vie, tout comme leurs anniversaires.

Pour les dix ans de Cindy, ses parents lui avaient préparé une jolie fête d'anniversaire avec plein de ballons accrochés dans le jardin, une jolie nappe à fleurs sur une grande table, des bonbons déposés dans des assiettes et bien sûr, un magnifique gâteau avec dix bougies. La petite fille était ravie de sa fête d'anniversaire et profitait de tous ses amis. Il y avait les copains d'école, mais aussi Marina évidemment. C'était une magnifique journée ensoleillée, remplie de joie et d'amour pour toute la famille. Malheureusement, des soucis de santé étaient venus les perturber, trois semaines plus tard.

Tout a commencé un matin où Cindy n'était pas dans sa forme habituelle. Ça faisait quelques jours que ses parents ne la trouvaient pas comme d'habitude : grincheuse et fatiguée entre autres. Au début, ils ont pensé à un petit virus ou un gros coup de fatigue. Ça allait donc passer, mais plus les jours passaient, plus Cindy était faible. Son état de santé se dégradait rapidement : elle perdait l'appétit, se reposait très souvent et son visage devenait pâle à faire peur. Ses parents s'inquiétaient et avaient décidé d'appeler le médecin traitant qui fixait un rendez-vous pour le soir même.

Celui-ci avait alors constaté une tension basse, une pâleur, une perte de poids et surtout une respiration trop rapide. En écoutant son cœur, le médecin de famille avait également entendu un bruit anormal. Il en avait demandé la vérification par une échographie cardiaque, lui permettant ainsi d'en déterminer rapidement le problème : examen qui avait pu être réalisé trois jours plus tard par le cardiologue. Le silence du spécialiste, sa concentration ultime et son regard neutre avaient fait prendre conscience aux parents de la jeune fille que la situation pouvait être grave.

Ce fut alors un choc terrible lorsque les parents apprirent que leur petite fille chérie avait un souci au cœur, celui qui bat dans son petit corps et qui lui permet de vivre. Ils en étaient terrifiés, car ils savaient que cet organe était primordial à sa survie !

Après une longue minute de silence planant dans la pièce, la maman interrogeait le spécialiste :

— Mais à quoi est-ce dû ?

— Il y a plusieurs raisons possibles qui peuvent expliquer un problème de cœur à cet âge. Votre fille a peut-être une malformation minime depuis la naissance, passée inaperçue jusqu'à maintenant, mais ça peut aussi être dû à une infection, comme la rubéole, par exemple.

— D'accord et c'est grave ? demandait-elle inquiète.

— A ce stade, un traitement médicamenteux devrait suffire, mais Cindy aura une surveillance assidue pendant plusieurs années. Après, on avisera selon comment ça se passe.

— D'accord, donc elle va guérir ? interrogeait le père, la peur au ventre.

— Alors, on ne sait pas à l'avance, Monsieur. Je suis désolé pour cette réponse vague, mais la surveillance sera essentielle pour vérifier la réaction de son cœur dans le temps. Le traitement peut très bien suffire et votre fille se portera à merveille toute sa vie. Par contre, le cœur peut aussi se dégrader du jour au lendemain dans cinq, dix ou 20 ans, mais nous n'en sommes pas là ! Il faut être optimiste ! Cindy va commencer le traitement et on se reverra très vite pour faire le point.

Les mots du cardiologue ont résonné durant de longues journées et de pénibles nuits dans leur tête. A chaque fois qu'ils regardaient leur petite Cindy, les larmes avaient envie de couler. C'était beaucoup d'émotions, un vrai chamboulement dans leur vie si paisible jusqu'ici. Cette annonce avait été très difficile à accepter. Ces informations qui concernaient leur princesse qui venait tout juste de fêter ses 10 ans étaient si dures à croire…

Quant à elle, son innocence due à son jeune âge la préservait de tout cela, comme son petit frère Ryan, qui n'avait que 4 ans à l'époque.

Heureusement, son traitement qu'elle avait commencé dès le lendemain, avait permis à son cœur de mieux fonctionner, de retrouver un rythme normal et ainsi éviter des complications qui auraient pu se révéler dramatiques. Elle le supportait très bien et son état de santé s'était très rapidement amélioré, au plus grand bonheur de ses parents. Elle avait quand même dû se reposer et ne plus aller à l'école durant trois semaines, afin de recouvrir toutes ses forces. Durant son absence, elle avait pu compter sur Marina qui avait su être présente pour Cindy et un lien unique s'était formé entre elles : indestructible, puissant et sincère. Elle avait été formidable avec sa petite voisine, en lui apportant des petites lettres d'encouragement ou des dessins, en prenant très régulièrement de ses nouvelles… Un jour, elle avait même préparé de bons petits gâteaux au chocolat avec sa maman, qu'elle lui avait déposés. Elles les avaient savourés ensemble dans le jardin, accompagnés d'une bonne tasse de chocolat chaud. Cindy était touchée par le comportement de Marina et une magnifique amitié durable s'était alors créée entre les voisines. Elles ne se quittaient plus !

Cindy avait ensuite pu reprendre le cours de sa vie, de son enfance avec toute son insouciance de petite fille. Pour ses parents, tout ça restait bien présent dans leur tête, mais ils relativisaient et étaient rassurés par les examens réalisés régulièrement. Tout était sous contrôle.

*****

Les années collège se déroulent parfaitement bien. Cindy apprécie ses professeurs ; elle a de très bonnes notes et un comportement exemplaire. Pour parfaire le tout, Cindy et Marina sont dans la même classe pour leur plus grand plaisir. Elles ne se séparent presque jamais. D'ailleurs, à l'école, on les appelle même les sœurs jumelles, alors qu'elles ne se ressemblent pas du tout. Cindy a de longs cheveux blonds et de très beaux yeux bleus, alors que Marina est brune aux yeux noisette avec des caractéristiques asiatiques. En effet, son père né en Asie centrale a toujours vécu en France avec sa mère, depuis le décès de son père lorsqu'il n'était que bébé.

Cindy vit sa vie normalement, comme tout enfant de son âge. Seul l'électrocardiogramme qu'elle réalise une fois par an lui rappelle son passé. Il est à chaque fois normal, ce qui lui permet de faire toutes les activités sportives qu'elle souhaite, à l'école et en dehors. Tout va bien pour elle maintenant et ses soucis de cœur sont loin derrière elle.

# Chapitre 3
# Ce 18 janvier 2022

Cindy est au comble de son bonheur, entre amour et amitié. L'amour est toujours au plus haut avec Maxime depuis ses longues années passées ensemble. Ils filent le parfait amour depuis leur coup de foudre de collégiens. Lui est si tendre et démonstratif de ses sentiments. Quant à elle, elle est tellement délicate et attentionnée envers son prince charmant. Rien ne peut briser cet amour indestructible !

Son amitié avec Marina est toujours aussi forte et unique. Elles ont d'ailleurs récemment décidé de faire un tatouage sur leur poignet, très symbolique pour elles. Quelque chose de discret et de simple. Pour ce faire, elles optent pour un dessin qui, lorsque leurs deux bras sont collés l'un contre l'autre, on puisse voir apparaître une étoile complète : signe de leur amitié profonde. Chacune considère l'autre comme la petite étoile qui est toujours là pour elle, d'où ce tatouage.

Cindy est tout de même déçue pour son amie pour qui son couple n'a pas duré. Kevin avait dû déménager à plus de 100 km pour suivre des études de sport, car il avait été repéré par des recruteurs qui lui avaient fortement conseillé de poursuivre dans cette école prestigieuse qui formait de grands sportifs. Il n'avait rien à débourser, tout était pris en charge par l'école. Il ne pouvait évidemment pas refuser cette énorme opportunité qui se présentait à lui. Ils avaient bien essayé de continuer leur relation à distance, mais cela ne convenait à aucun d'entre eux. Les jeunes adolescents de dix-sept ans avaient ainsi repris leur vie chacun de leur côté, au bout d'un an de relation. La séparation avait été difficile, mais ils avaient tous les deux réussi à passer au-dessus par la suite.

Tout se passe donc à la perfection pour la jeune femme : le lycée, les amis, les amours et même l'obtention du permis de conduire récemment. Elle découvre maintenant la joie de pouvoir se déplacer où elle le souhaite, avec ses potes et son Max, comme elle le dit. La liberté lui donne des ailes ! De plus, elle fêtera ses 18 ans dans quelques mois, un anniversaire très important dans la vie d'un adolescent. Elle sera entourée de ses amis et de sa famille qui ont toujours été présents pour elle et profitera de cette belle journée qui signifie que l'on entre dans l'âge adulte.

Chaque jour qui passe, elle s'imagine en cette folle journée d'anniversaire, à manger plein de cochonneries : apéro, chips, bonbons, etc. Elle se voit déjà en train de déballer ses cadeaux avec enthousiasme et joie. Puis elle se laisse rêver à danser sur la piste, au bras de son chéri, sur les rythmes effrénés des musiques qu'elle affectionne tant. Tout ce que font les jeunes de son âge, en réalité. Elle a hâte de vivre cet instant et se projette déjà ! Néanmoins, une date fatidique remet tout en question : ce mercredi 18 janvier où Cindy se sent mal. En plein cours d'athlétisme, alors qu'elle entame son troisième tour de piste, elle s'écroule devant tous ses camarades, surpris.

Le professeur de sport appelle alors les pompiers et installe la jeune fille en position latérale de sécurité. Tous les élèves se précipitent près d'elle et observent la scène avec inquiétude et stupeur. Il leur demande de s'écarter et de laisser de l'air à Cindy. Seul Maxime peut rester auprès d'elle pour la rassurer. Elle est consciente, mais très faible. Sa respiration est rapide et difficile.

Lorsque les pompiers arrivent sur place, ils interrogent immédiatement Cindy :

— Est-ce que vous pouvez me serrer la main, s'il vous plaît ?

Elle y parvient sans difficulté. Le pompier peut donc poursuivre :

— Avez-vous des problèmes de santé ?

— Pas actuellement, mais à dix ans, j'ai eu un problème de cœur. Je prends un traitement depuis, mais tout va bien maintenant, répond-elle instantanément.

Maxime est à côté d'elle et lui tient fermement la main pour la soutenir. Ça lui fait de la peine de la voir ainsi et bien sûr, il s'inquiète. Il connaît évidemment le passé de sa chère et tendre qui lui a tout expliqué au début de leur relation. Même si les examens sont bons, la possibilité que ça revienne et que ce soit plus grave est connue de sa famille et de son chéri. Malgré tout, leur jeunesse et leur amour les transportent sur un petit nuage et les laissent loin de tout cela, jusqu'à ce malaise qui arrive si soudainement.

Les pompiers qui ne veulent pas prendre de risque, emmènent Cindy rapidement aux urgences. Sirène déclenchée, ils doublent les voitures à vive allure, tout en restant prudents. Ils savent très bien que si le problème vient du cœur, il faut agir le plus vite possible ! Maxime a pu monter dans le camion auprès de sa Cindy, ce qui les rassurent tous les deux. Arrivée rapidement sur place, elle est prise en charge immédiatement par l'équipe des urgences en laissant Maxime seul avec son inquiétude, à déambuler dans les couloirs de l'hôpital. Une infirmière s'approche alors de lui :

— Bonjour, excusez-moi, mais vous ne pouvez pas rester ici. Il y a beaucoup de passages et vous pouvez gêner les soignants.

Vous devez patienter dans la salle d'attente, s'il vous plaît.

Les parents de Cindy ont été informés et arrivent déjà sur place. Sa mère, les larmes aux yeux, demande à la première personne qu'elle croise, avec la voix toute tremblante :

— Bonjour Madame, ma fille Cindy a été emmenée par les pompiers, est-ce que l'on peut la voir s'il vous plaît ?

— Bonjour Monsieur, Madame, oui bien sûr ! Je vais appeler la personne qui s'est occupée d'elle. Je vais vous demander de patienter, s'il vous plaît.

— Oui, merci.

En s'installant dans la salle d'attente, ils aperçoivent alors Maxime qui les attend impatiemment.

— Bonjour, vous avez pu avoir des nouvelles de Cindy ? demande-t-il, angoissé, à ses beaux-parents.

— Non, mais le spécialiste va arriver. Et toi ? lui répond le père dans le même état d'esprit.

— Non, je ne suis pas de la famille, ils ne veulent rien me dire.

— Qu'est-ce qu'il s'est passé Maxime ? interroge sa mère.

— Je ne sais pas trop ! Nous étions en sport, on faisait de l'endurance et Cindy s'est arrêtée de courir d'un coup. Elle était toute blanche et transpirait beaucoup. Quand je me suis dirigé vers elle, elle est subitement tombée. Elle disait avoir mal à la poitrine. Oh… J'espère qu'elle va bien !

L'attente est tellement longue pour les parents qui ont la sensation de revenir sept ans en arrière, lorsque la maladie de Cindy avait été découverte. Même attente, même stress qui les rongent. La mère qui a les coudes posés sur ses genoux et qui tient sa tête entre les mains a du mal à garder son calme. Quant au père, il fait les cent pas dans la pièce et Max qui s'inquiète terriblement pour elle, ne peut s'empêcher de battre du pied.

Le médecin qui vient de réaliser l'électrocardiogramme s'approche d'eux et leur demande de les suivre. D'un pas assuré, il les accompagne vers la jeune femme qui est allongée dans un lit avec des électrodes branchés sur sa poitrine ; seuls les fils qui sont reliés à la machine sont visibles. Son rythme cardiaque est en permanence sous surveillance. Arrivés près de leur fille, les parents ne peuvent alors plus cacher leur inquiétude. Le spécialiste s'adresse à eux et à la jeune femme :

— L'examen montre bien que ton cœur est en souffrance, Cindy. C'est pour cela que tu as fait ce malaise ; c'est comme un signal d'alarme. Il va falloir faire d'autres examens et être hospitalisée pour comprendre exactement ce qu'il se passe. Il faut que l'on puisse te surveiller de près.

Bien sûr, tout le monde est inquiet, même Cindy, qui jusqu'ici, était plutôt sereine. Néanmoins, le ton grave du médecin laisse déjà présager la suite. Ils savaient tous que ce moment pouvait arriver un jour, mais entre le savoir et le vivre, c'est totalement différent !

Après avoir passé plusieurs jours à l'hôpital, les annonces se succèdent. Le spécialiste vient la voir ce mardi, sourire en berne :

— Cindy, les examens que tu as fait ses derniers jours et les malaises qui persistent montrent que ton cœur a beaucoup souffert, même trop souffert. Je dois te dire que tu vas devoir subir une greffe de cœur. Nous allons donc t'inscrire immédiatement sur la liste de donneurs et t'en trouver, un le plus vite possible.

Un silence pesant, glaçant même, vient de figer l'instant.

— Je vais vous laisser en parler tous ensemble. Si vous avez des questions, n'hésitez pas. Je reviens te voir plus tard, Cindy, annonce alors le spécialiste.

Ça y est ! Tout s'accélère ! Alors que ses dix-huit ans approchent, Cindy comprend qu'elle risque de ne jamais pouvoir les fêter. Nostalgique, inquiète et en colère, c'est un nœud d'émotions qui se mélangent en elle :

*Pourquoi moi !* se dit-elle, *pourquoi maintenant ?* s'interroge-t-elle aussi.

# Chapitre 4
# Des moments difficiles

Suite à l'annonce du spécialiste, voilà que Cindy est maintenant sur liste d'attente, alors que jusqu'ici tout allait si bien. Elle profitait pleinement de sa vie d'adolescente et d'un coup, tout vient d'être mis en suspens ! Heureusement, son jeune âge la fait passer dans les prioritaires. Quelques mois plus tard et ce n'aurait plus été le cas !

Un décret concernant le don d'organes est appliqué en France : nous sommes tous donneurs, sauf si nous avons exprimé, de notre vivant, notre refus d'être prélevés. Ça fait donc beaucoup de donneurs, ce qui rassure un peu la famille. Néanmoins, encore faut-il que nous soyons compatibles !

En attendant de trouver un donneur pour Cindy, elle doit rester à l'hôpital. Ses journées sont bien remplies avec les visites de ses proches et tous les moments qu'elle passe à dormir. Malheureusement, pendant ce temps-là, les jours défilent et elle se sent de plus en plus fatiguée et faible. Heureusement, les parents de Cindy et son frère passent beaucoup de temps auprès d'elle et se relaient pour ne pas la laisser trop souvent seule dans sa chambre d'hôpital. Ils n'ont pas besoin de se parler pour se comprendre ou pour combler les blancs. Leur simple présence, leur soutien irréfutable ont toute leur importance aux yeux de Cindy.

Des fois, elle ressent toute la peine et l'inquiétude de sa maman ; c'est dur à supporter. A d'autres moments, elle sent tellement d'optimisme chez ses proches, qu'elle y croit elle aussi. Après tout, il faut y croire ! Rien n'est perdu ! Comme le dit le proverbe : "Tant qu'il y a de la vie, il y a de l'espoir".

Elle apprécie beaucoup les temps passés avec sa famille, mais aussi avec son amie Marina qui lui raconte tous les potins du lycée. Cette fois-ci, elle vient accompagnée d'une lettre signée par tous ses camarades de classe. Ils ont écrit quelques mots d'encouragement à Cindy, même les professeurs.

Lorsque Marina lui donne ce courrier et que Cindy commence à le lire, un raz-de-marée de bonheur l'envahit et une pluie de positivité s'abat sur elle… Un bien-être puissant se propage alors dans tout son corps.

*– Cindy, je t'envoie plein de courage. Je sais que tu vas y arriver. Je te dis à très vite. Clara.*

*— Tout va bien se passer ! On a hâte de te revoir ! Courage. Julie.*

*— Avec ton nouveau cœur, tu pourras vivre encore 100 ans minimum ! Je t'embrasse. Ton ami Kevin.*

*— Sans toi, ce n'est plus pareil au lycée. Tu nous manques. Bon courage. Bisous. Anna.*

...

Les mots employés et les intentions de ses camarades la touchent au plus profond d'elle. Elle en est complètement bouleversée. Quant à Marina, la même joie s'empare d'elle en voyant son amie aussi touchée que ça par cette attention qu'elle lui a apportée.

Ce n'est pas la seule à prendre soin de cette jeune femme : Maxime vient aussi le plus souvent possible et lui apporte des petits présents qui la touchent profondément.

Aujourd'hui, il arrive avec un lecteur mp3 et une compilation de musiques qu'elle aime écouter, sur lesquelles elle aime faire onduler son corps. Il l'a préparée exprès pour elle, la veille au soir. Il entre dans sa chambre, lui dépose un baiser tendre sur son front et lance la musique. Il insère une oreillette dans l'oreille de Cindy et prend l'autre pour lui, puis vient s'allonger à ses côtés dans ce lit bien trop petit pour deux. Blotti contre elle, il lui caresse délicatement ses longs cheveux blonds et lui murmure à l'oreille :

— Je t'aime, ma chérie. Tu es la femme de ma vie. Je t'aimerai toujours et je serai toujours là pour toi.

Cindy, alors très émue par la situation, se tourne vers lui, le regarde fixement et lui dit :

— Je sais, mon chéri. Je t'aime également, tu es tout pour moi.

Ils profitent tous deux de ce moment rempli de tendresse et d'amour. Un bel instant de bonheur qui leur permet de s'évader quelques instants de cette chambre d'hôpital et d'oublier les soucis du moment.

Lorsque la compilation arrive à la fin, les tourtereaux reviennent vite à la réalité. Cindy pose alors sa main sur la joue de son Max et lui dit :

— Mon chéri, s'il devait m'arriver quoi que ce soit, je veux que tu te reconstruises et que tu sois heur…

Maxime ne lui laisse pas le temps de finir sa phrase et l'embrasse fougueusement, mais Cindy voulant absolument terminer, place son doigt sur sa bouche et reprend :

— Écoute-moi s'il te plaît, c'est important. Si mon nouveau cœur n'arrive pas à temps, je veux que tu saches que tu peux refaire ta vie. La mienne arrive peut-être au bout, mais pas toi ! Tu es jeune, tu as le droit d'être heureux !

— Arrête ma puce, ça va aller ! Tu es sur la liste des donneurs, il y aura bientôt un cœur qui te conviendra parfaitement et tout ira bien. On continuera notre vie ensemble !

Maxime est touché au plus profond de son cœur. Il l'enlace fermement, tout en essayant de dissimuler ses larmes et Cindy lui répond :

— Oui, je le souhaite aussi bien sûr, mais si jamais ce n'est pas le cas, je veux qu'après avoir fait ton deuil, tu te reconstruises. Tu pourras le faire ?

Après avoir pris une grande inspiration, Maxime lui répond avec un souffle de désespoir :

— Je ne t'oublierai jamais ! Je t'aimerai jusqu'à ma mort ! Oui, si vraiment il le faut, je ferais tout pour continuer à vivre et de la meilleure façon que je puisse le faire.

C'est important pour Cindy d'avoir pu dire cela à son Max, mais ils changent ensuite vite de conversation pour oublier toute cette tristesse qui les envahit et profitent de ces instants passés ensemble. Ces souvenirs resteront gravés à jamais dans leurs mémoires, quoi qu'il se passe !

Le lendemain, alors que Cindy passe un moment agréable avec sa maman qui lui fait une petite manucure, c'est subitement l'affolement ! Une alarme au cri bruyant bipe dans les couloirs et des infirmières aux blouses blanches courent vers la chambre 118 ! A l'intérieur une femme crie :

— A l'aide, vite ! Ma fille a besoin d'aide ! Vite, appelez un médecin !

Les infirmières entrent rapidement dans la chambre et demande à la femme de sortir :

— Sortez, s'il vous plaît Madame ! On doit s'occuper de Cindy !

— Sauvez-la ! Je vous en supplie, sauvez-la !

— On va faire tout notre possible, mais vous ne pouvez pas rester ! Sortez, s'il vous plaît.

La mère de Cindy se retrouve alors seule dans le couloir avec son désespoir le plus profond. A la place d'émettre les battements du cœur de sa fille, la machine transmet un son aigu et linéaire : son cœur s'est arrêté !

Alors que les soignants font tout pour le relancer, sa mère est complètement anéantie. Elle n'arrive plus à respirer, suffoque et hurle son chagrin devant la porte qui reste close. Tout à coup, la machine n'émet plus rien. Le silence complet ! Que se passe-t-il dans la chambre ? Lorsque les battements du cœur se font de nouveaux entendre, cela procure un énorme soulagement à la maman de Cindy. La porte s'ouvre alors pour laisser apparaître sa fille, vivante ! Épuisée, mais vivante !

— Nous avons pu relancer le cœur de Cindy, mais nous espérons qu'il ne s'arrêtera pas de nouveau, lui dit alors l'infirmière

— Oh mon Dieu ma chérie, dit-elle alors en embrassant sa fille.

— Il faut encore y croire, mais elle a besoin d'un nouveau cœur au plus vite !

— Merci, merci infiniment d'avoir sauvé ma fille.

Sa mère a eu si peur ! Ils viennent de frôler le pire ! Ses jambes sont toutes frêles, ses mains moites et son teint pâle. Elle a besoin de s'asseoir auprès de sa fille et doit reprendre ses esprits.

# Chapitre 5
# Incroyable, mais vrai !

Suite à cet événement traumatisant, la famille et les amis de Cindy vivent les jours suivants dans la peur et la hantise que son cœur s'arrête de nouveau. Sa mère passe ses jours et ses nuits à l'hôpital. Elle n'ose même plus sortir de la chambre et laisser sa fille seule une minute, c'est pour vous dire. Son père, démuni face à la situation, lui apporte son repas et des vêtements propres chaque jour. Quant à lui, il doit s'occuper de Ryan qui vit très mal le manque de sa grande sœur et de sa mère. Il faut dire que c'est compliqué à accepter pour un garçon de onze ans seulement. Il se sent si inutile face à ce drame familial ! Ça se ressent aussi à l'école : sa concentration n'est plus là, ses résultats scolaires sont en chute libre. Il lui arrive même de s'asseoir sur un banc, seul dans la cour de l'école pour pleurer toutes les larmes de son corps. Ses camarades de classe ont beau tout faire pour le distraire, pour l'occuper, rien n'y fait ! Il est tellement triste ! Par moment, c'est toute sa colère qui sort de lui, en criant sur ses copains ou en leur donnant des coups de pieds. Ça ne lui ressemble vraiment pas !

Son père se sent si démuni face à toute cette solitude et ce silence qui le plongent dans une telle noirceur. Il l'emmène plusieurs fois par semaine à l'hôpital pour voir sa sœur, ce qui le rend heureux. Ryan adore partager ces moments avec sa grande sœur. Même son sourire en dit long, mais dès qu'il franchit le seuil de sa chambre et qu'il se retrouve dans les couloirs de l'hôpital, son visage d'ange se referme et la tristesse s'empare à nouveau de lui. Comment l'aider ? Eux-mêmes sont si tristes et angoissés !

Plus les jours passent et plus ceux-ci se ressemblent : aussi sombres les uns que les autres. Les membres de la famille sont perpétuellement plongés dans les mêmes doutes, les mêmes peurs et les mêmes angoisses au quotidien. Que peuvent-ils faire de plus qu'attendre ? Cette attente qui est destructrice pour tous ! C'est tellement pesant et stressant d'attendre constamment quelque chose, sans être sûr que cela arrive un jour…

Quelques matins plus tard, une infirmière entre dans la chambre de Cindy et s'adresse à sa maman :

— Bonjour Madame, le médecin voudrait vous voir avec votre mari à 10 heures. Vous pourriez le prévenir, s'il vous plaît ? Il viendra vous parler directement dans la chambre.

— Heu… Oui. D'accord, mais qu'est-ce qu'il se passe ? Il y a un souci ? demande alors la maman apeurée par cette demande inhabituelle.

— Ne vous inquiétez pas ! lui répond-elle, le sourire aux lèvres.

Dès que l'infirmière sort de la chambre, la mère jette un regard complice à sa fille et s'empresse d'appeler son mari. Celui-ci décide de venir avec Ryan et de passer prendre Maxime chez lui. Une fois arrivés sur place, il leur faut patienter pendant plus d'une heure, une longue heure interminable où tout traverse leur esprit. Bonne ou mauvaise nouvelle ? Le beau sourire de l'infirmière fait bien pencher la balance vers la première option, mais il vaut mieux rester prudent, car même s'ils ont bien une idée sur la raison de cette entrevue, ils ne veulent pas y croire, tant qu'ils ne l'auront pas entendu de la bouche du médecin. Qui plus est, ils ne veulent surtout pas se faire de fausses idées, de fausses joies. La déception serait bien trop grande !

Cindy et ses proches réunis comptent alors les minutes et voient défiler 9 h. 45, 9 h. 52. 10 heures ! Enfin l'heure ! Cependant, c'est à 10 h. 12 précisément que le spécialiste arrive dans la chambre de Cindy. Seul son rythme cardiaque est réellement entendu dans la pièce, mais le cœur de ses parents bat si fort dans leur cage thoracique que l'on aurait sûrement pu l'entendre à l'autre bout de l'hôpital.

Il entre donc dans la chambre où un silence glaçant se fait directement ressentir. Maxime tient fermement la main de sa chérie, alors que ses parents sont assis près d'elle, chacun à un bord du lit. Ryan, lui, qui n'a pas l'air de réellement comprendre l'importance de ce qu'il se passe, est là, devant la fenêtre et semble regarder dans le vide.

Le médecin s'approche de la famille, avec un sourire radieux et un air taquin ; c'est bien la première fois :

— Alors Cindy, tu es prête ? dit-il enthousiaste.

— Prête pour quoi, Docteur ?

— C'est le grand jour ! Ça y est, un cœur arrive Cindy !

— Je vais avoir un nouveau cœur, c'est sûr ?

— Oui ! Il est en route. On va bientôt pouvoir te préparer pour l'intervention.


Cindy, ses parents et Maxime s'échangent alors de nombreux regards complices, pleins d'émotions. Ils peuvent enfin relâcher la pression qui les empêchait de trouver le sommeil depuis des jours et des jours. Alors que l'excitation et une immense joie se font ressentir, les parents de Cindy enlacent tendrement leur fille et remercient chaleureusement le médecin. Quant à Maxime, des larmes de joie coulent sur ses joues et il ne cesse de chuchoter des « je t'aime » à sa chérie. L'espoir renaît enfin !

Ryan qui a entendu les mots du cardiologue, se retourne, perplexe et demande à sa mère :

— Maman, ça veut dire que Cindy ne va plus mourir alors ?

En entendant ses mots si durs, ses parents ne peuvent s'empêcher de faire couler leurs larmes de tristesse cette fois-ci. Ils ont pourtant fait attention à leurs discours devant leur enfant si jeune, si innocent. Pour l'épargner, ils sont restés un peu vagues sur le sujet, mais ce qu'il en a gardé, c'est uniquement que sa grande sœur allait mourir. Tout s'explique alors ! Cette tristesse, ce visage sombre ! Pour lui, il n'y avait aucune solution pour sauver Cindy. Qu'avait-il donc pu comprendre de la demande de greffe de cœur ?

Les parents comprennent alors l'importance d'être clairs, de ne rien cacher aux enfants, même petits. Ryan traverse soudain la pièce en un éclair pour serrer sa sœur dans ses bras, si fort qu'il l'empêche presque de respirer. Une marque d'affection qui ne laisse personne indifférent…

Cette incroyable annonce remplit de joie la pièce. C'est tellement difficile à croire. Après avoir tant attendu dans le doute et le désespoir, tout cela semble tellement inespéré. Tout n'est pas gagné d'avance, il faut encore que l'opération se déroule bien, sans complication et que Cindy ne fasse pas de rejet après la greffe, mais le moment est beau et la famille savoure cet instant avec beaucoup de tendresse.

Une fois l'euphorie passée, la maman de Cindy ressent beaucoup de culpabilité vis-à-vis de cette immense joie, alors qu'une personne vient de perdre la vie. Certes, sans ce drame, sa fille n'aurait toujours pas ce cœur dont elle a tant besoin, mais elle sait aussi que quelque part ailleurs, une famille vient de perdre un proche. Comment peuvent-ils se réjouir, alors que d'autres s'effondrent de tristesse ? C'est le cœur de cette personne qui va bientôt reprendre vie dans la poitrine de sa fille !

Finalement, c'est un sentiment de gratitude qui finit par venir apaiser celui de la culpabilité. En effet, elle ressent beaucoup de reconnaissance pour la personne décédée et sa famille, d'avoir réalisé ce don qui va permettre à sa fille de vivre, mais également envers le personnel médical et toutes les avancées médicales qu'il y a eu ces dernières années, sans lesquelles sa fille n'aurait eu aucune chance !

Toute la famille sait que les chances de

trouver un cœur compatible sont minces. Oui, car il faut que le donneur soit de même corpulence, qu'il ait le même groupe sanguin. C'est réellement une « chance » pour Cindy de recevoir ce don aujourd'hui, même s'il vient d'une personne dont la vie vient de s'arrêter brusquement ! Ils ne pourront jamais la remercier et pourtant… Ils aimeraient tant le faire !

# Chapitre 6
# Un terrible accident

Pour qu'un don puisse être possible, il faut que les personnes décident d'en faire à ceux qui en ont le plus besoin. Cela est possible pour différents organes, tels que le rein et une partie du foie, mais bien sûr, pour le cœur, il en est autrement ! Il faut malheureusement que les personnes perdent la vie pour devenir donneur. Alors si Cindy peut bénéficier de ce cœur aujourd'hui, c'est suite à cet accident qui a provoqué la mort d'une personne, à 25 km d'ici.

Alors que cette jeune femme de vingt ans roulait tranquillement sur une route de campagne qu'elle empruntait très régulièrement, un chauffeur ivre l'a fauchée sans même qu'elle ait eu le temps de réagir. Malheureusement, les accidents de moto ne pardonnent pas ! A 90 km/heure, le choc a été particulièrement violent !

D'ailleurs, lorsque les pompiers sont arrivés sur place, la femme était allongée au sol et son casque avait volé en mille morceaux, laissant apparaître une plaie béante à l'arrière de la tête, la rendant inconsciente et non réactive, donc considérée en urgence vitale !

Dans le véhicule des pompiers, son état s'était dégradé à moins d'un kilomètre de l'hôpital et effectivement, arrivée aux urgences, les examens réalisés ne présageaient rien de bon. Une IRM montrait un violent traumatisme crânien qui pouvait laisser d'énormes séquelles chez la jeune femme. On pouvait aussi clairement y voir un hématome intracrânien important, ainsi qu'un œdème cérébral. Dû à ce choc violent et à son traumatisme, la jeune femme a été plongée dans un coma profond. Les médecins avaient dû expliquer péniblement à ses parents que leur fille pourrait ne jamais se réveiller et que son état était très grave !

La mère avait alors demandé au médecin :

— Si elle se réveille, aura-t-elle des séquelles ?

— Malheureusement, oui et il pourrait y en avoir beaucoup : troubles du langage, troubles sensoriels, agressivité, etc. Elle pourrait aussi perdre la mobilité d'un bras par exemple, mais malheureusement nous ne pourrons le savoir que si elle se réveille.

En entendant ses mots, ils s'étaient effondrés sur le lit de leur fille, branchée à toutes ses machines bruyantes qui l'entouraient. La mère ne pouvait s'empêcher de crier de douleur et de tristesse. Leur monde était en train de s'écrouler devant leurs yeux ; ils se sentaient complètement impuissants face à ce drame ! Ce matin encore, ils étaient tous les trois à prendre un petit déjeuner copieux dans la joie et la bonne humeur. Avant de partir, elle avait embrassé ses parents, comme elle le fait chaque jour et leur avait dit « à ce soir », mais allait-elle pouvoir réellement rentrer un jour ?

Il y avait tant de haine et de colère au fond d'eux ! Une seule personne est responsable de cet atroce accident. C'est cet homme qui a décidé de prendre le volant, en ayant bu plus que raisonnablement ! C'est lui aussi, qui a pris l'odieuse décision de s'enfuir après le choc, laissant sa victime, seule, au sol, sans même prévenir les secours !

Un acte odieux qui risque de provoquer la mort de leur fille !

Par « chance », si l'on peut dire cela, un homme empruntait cette même route, juste un instant plus tard. Il avait réagi immédiatement en appelant les secours et en suivant leurs consignes données par téléphone, mais cela ne suffira peut-être pas !

Les gendarmes, bien sûr avertis, avaient commencé à mener l'enquête, mais sans le témoignage de la victime, cela restait très compliqué. Ils manquaient cruellement d'éléments pour pouvoir avancer et trouver le responsable.

Une heure après l'accident, une voiture a été retrouvée abandonnée dans un chemin, quelques mètres plus loin. La peinture rouge de celle-ci était visible sur le casque que portait la victime. Le pare-chocs portait encore les marques importantes du choc. Le pare-brise était également brisé, ce qui avait l'air de concorder avec l'accident. En regardant de plus près, des cheveux étaient même restés collés, coincés dans ces bris de verre.

Ils avaient ensuite cherché le conducteur du véhicule qui, en réalité, n'était pas bien loin. Il était tellement alcoolisé qu'il s'était allongé dans l'herbe à cinquante mètres du véhicule et dormait paisiblement alors qu'une heure auparavant, il avait commis un acte affreux. Cette scène était surréaliste ! Elle donnait envie de vomir !

Après l'avoir difficilement mis debout et péniblement fait monter dans leur véhicule, les gendarmes l'avaient emmené en garde à vue, puis laissé en salle de dégrisement plusieurs heures. Il avait grand besoin d'éliminer tout l'alcool ingéré. L'homme était ensuite interrogé, mais celui-ci disait ne se souvenir de rien ! Ce qui était fortement possible, vu le taux d'alcoolémie qui se trouvait dans son sang !

Cela dit, grâce aux analyses réalisées sur les cheveux et le sang retrouvés sur son véhicule, l'homme ne pouvait plus nier. Toutes les preuves étaient là !

Le choc passé, puis l'effroi dissipé, s'en est ensuite suivie la profonde tristesse en apprenant ce qu'il avait fait, mais il ne pouvait revenir en arrière, personne ne le pouvait !

Quelques jours après ce terrible accident, la jeune femme était malheureusement toujours plongée dans un coma profond. Les examens et les tests réalisés montraient qu'il n'y avait plus aucune activité dans son cerveau. Les médecins avaient donc dû prévenir ses parents qu'elle ne se réveillerait jamais. Avec diplomatie et compassion, ils avaient ensuite parlé du don d'organes avec eux. En effet, ils continuaient de fonctionner correctement et pouvaient permettre de sauver d'autres vies ou d'en améliorer.

Alors qu'ils étaient assommés par la douleur, il leur fallait réfléchir et donner une réponse dans l'urgence. Le temps était compté ! Comme c'était difficile de faire un choix avec cette peine profonde qui les envahissait !

Après avoir versé de nombreuses larmes et passé un dernier moment seuls avec leur fille, les parents allaient maintenant devoir faire leur au revoir. C'était un adieu si soudain, si difficile et si pénible. Le corps de leur enfant était maintenu en vie artificiellement.

La famille avait récemment regardé une émission sur le don d'organes et les greffes qui avaient engendré une longue discussion sur le sujet. Ils avaient pu évoquer ensemble leur point de vue et avaient chacun fait part de leur volonté, si jamais il leur arrivait malheur un jour. Ils avaient voté à l'unanimité pour le don d'organes qui leur semblait tellement important. Il y a tant de personnes dans l'attente, le doute et le désespoir. Ça leur tenait sincèrement à cœur ! Pour les parents, la décision d'accepter le don d'organes de leur fille était donc une évidence pour lui faire honneur et suivre sa volonté. Ils avaient donc accepté et signé les documents nécessaires avec bien sûr une immense tristesse.

C'était cinq organes qui allaient ainsi être prélevés sur leur fille et permettre à d'autres personnes de pouvoir vivre mieux ou même vivre tout court, comme Cindy.

Le cœur des parents était complètement brisé, mais ces dons permettaient aussi de donner un semblant de sens à la mort de leur fille. Ils regrettaient terriblement son départ, mais pas sa démarche qui était si belle !

Des parents pleuraient la mort de leur fille, pendant que d'autres se préparaient à revivre.

Avec l'annonce de ce cœur qui allait bientôt être prélevé et allait pouvoir être greffé chez leur fille Cindy, l'enthousiasme et la joie prenaient le dessus sur le reste.

En même temps, ils n'avaient pas à se sentir coupable d'être heureux. Non, la faute revenait uniquement à ce fou du volant ivre qui avait percuté la femme et provoqué sa mort, à seulement 20 ans. C'était à cause de lui et uniquement lui, si des parents venaient de perdre leur enfant qui avait encore toute sa vie devant elle, mais ils n'en sauront jamais rien.

En effet, aucune information ne leur était donnée sur le donneur et les circonstances. Tout cela restait anonyme, dans le plus grand secret, pour le bien de tous. Tout comme pour la famille de la victime d'ailleurs qui ne connaîtra jamais l'identité ou quoique ce soit sur la receveuse.

# Chapitre 7
# Un don de soi

Suite à l'autorisation de prélèvement signée par les parents, l'équipe médicale s'est préparée pour l'intervention. Une fois en salle d'opération, le chirurgien réalise les différentes étapes, afin de retirer correctement les différents organes, ainsi que le cœur destiné à Cindy. Avec toutes ces précautions, il saisit chaque organe dans le creux de ses mains et les dépose le plus délicatement possible, l'un après l'autre dans un bac que lui tend l'infirmière.

Celle-ci doit maintenant se mettre en relation avec la personne qui transportera le cœur en toute sécurité, sur le lieu de la greffe cardiaque. Celle-ci fera également affréter les autres organes dans les différents sites de transplantation prévus.

C'est Gérald qui est contacté pour cette mission importante ! Ce pompier volontaire de 42 ans exerce ce fabuleux métier depuis 2014, suite à une reconversion professionnelle. Précédemment infirmier, la mission de livrer de précieux colis, afin de sauver des vies l'a convaincu de changer de voie, où chaque minute est comptée. Ce n'est pas un travail à prendre à la légère. Non, au contraire, il demande beaucoup de responsabilités, de sérieux et de sang-froid. Transporteur est un maillon primordial à la bonne réalisation de la greffe et c'est justement cela qui lui plaît tant dans ce métier !

Il reçoit donc un appel lui annonçant :

— Bonjour Monsieur, pouvez-vous récupérer un organe à l'hôpital Saint Jules et le rapporter au plus vite à l'hôpital de la Grande Ourse, s'il vous plaît ?

— Bonjour Madame, oui, je me mets en route immédiatement.

— Très bien. Je vous remercie. A tout de suite.

La course contre la montre est donc engagée ! Il monte dans son véhicule et se rend directement sur le premier lieu indiqué, où l'opération pour retirer le cœur de la défunte est déjà en cours. Lorsqu'il arrive sur place, l'intervention en est à la fin et le chirurgien est en train de refermer la patiente. L'équipe médicale confie alors à Gérald le précieux colis, contenant cet organe tant attendu par Cindy et ses proches. Ce cœur est maintenant plongé dans un liquide et conservé dans une glacière à quatre degrés. Il peut rester ainsi durant quatre heures avant d'être greffé. Passé ce délai, le greffon ne sera malheureusement plus viable.

Après avoir installé la glacière avec précaution à l'arrière de son véhicule, Gérald se met en route pour l'hôpital de la Grande Ourse. Il est tout à fait conscient de l'importance de cette course ! Il en connaît très bien l'enjeu. C'est une énorme responsabilité qu'il porte sur ses épaules, mais c'est également un honneur pour lui d'apporter ce cœur à une personne qui en a besoin pour continuer à vivre.

Durant les dix premières minutes, la circulation est fluide et il peut se faufiler facilement. Il écoute sa radio préférée, afin de se divertir, tout en restant évidemment concentré sur sa mission, mais il aperçoit maintenant au loin, de nombreuses voitures à l'arrêt avec les feux de détresse enclenchées. Que peut-il bien se passer ? Ce n'est pas une route à grande influence normalement. Il évite justement toute perte de temps sur la route et n'emprunte que des routes facilement accessibles, avec peu de circulation, sans travaux en cours. Il est donc surpris par cet embouteillage.

Il poursuit sa route et allume alors son gyrophare qui lui permet de prévenir les automobilistes de sa présence et leur montrer l'importance de le laisser passer. Les premières voitures arrivent à se ranger, afin de lui faire une place, mais plus il s'enfonce dans la foule de véhicules, plus il reste coincé derrière elles. Il a même beau user de son klaxon, rien ne change. Pourtant son temps est compté, il ne peut pas attendre ainsi ! Alors après moins de trois minutes de réflexion, face à l'urgence de la situation, il passe un appel à la gendarmerie :

— Bonjour, je suis Gérald, transporteur d'organes. J'ai un cœur à transporter à l'hôpital de la Grande Ourse le plus rapidement possible, mais je me retrouve coincé au niveau de la D18, derrière une foule de véhicules. Je ne vais pas pouvoir avancer plus loin.

— Très bien monsieur, une brigade motorisée arrive de suite, afin de vous frayer un chemin et de vous escorter. Justement une équipe n'est pas loin de vous, elle va pouvoir vous rejoindre très vite.

— Merci beaucoup. Je l'attends.

Il raccroche, satisfait et sa patience n'a pas été mise à l'épreuve. Moins de cinq minutes plus tard, les motards arrivent pour lui venir en aide avec leurs sirènes et gyrophares allumées.

— Bonjour Monsieur, vous devez vous rendre à l'hôpital de la Grande Ourse en urgence, c'est bien cela ?

— Oui, tout à fait Monsieur. J'y transporte un cœur, mais je suis coincé dans cet embouteillage.

— Très bien. Vous allez nous suivre, nous allons dégager le passage.

— Je vous remercie.

C'est donc avec l'aide de ces deux motards que Gérald peut poursuivre sa route jusqu'au centre de transplantation. Ils lui permettent de se faufiler rapidement dans cet embouteillage qui est en fait dû à un léger incident. Un pneu a éclaté et le conducteur âgé de 76 ans a perdu le contrôle de son véhicule. Il a fini sa course en plein milieu de la route bloquant pratiquement toute la voie. Des policiers tentent de faire passer les véhicules un à un, en attendant qu'une dépanneuse vienne enlever la voiture. Néanmoins, un embouteillage monstre s'est déjà formé !

Les voitures dépassées, l'obstacle enfin derrière eux, les gendarmes peuvent ensuite ouvrir la voie à Gérald jusqu'au lieu de rendez-vous. Grâce à leur aide et leur intervention rapide, c'est moins d'une heure après le retrait du cœur que celui-ci arrive sur place, afin d'être réimplanter dans une autre poitrine et sauver la vie de Cindy. Il peut maintenant le confier au médecin du centre hospitalier.

Sa mission est parfaitement exécutée et s'arrête là ! Il ne pourra pas savoir si cet organe qu'il a apporté, a pu reprendre vit dans ce nouveau corps qui l'attend, mais il l'espère profondément, comme à chacun de ses transports.

Il sait déjà que d'autres missions de ce genre l'attendront très prochainement.

Avant de partir, il ne manque pas de remercier les deux motards, sans qui rien n'aurait été possible !

# Chapitre 8
# La transplantation cardiaque

Pas le temps de traîner, le cœur du donneur est en route ! Il faut tout d'abord vérifier que Cindy n'a pas d'infection en cours qui pourrait compromettre l'intervention. Un bilan sanguin et un électrocardiogramme plus tard, tout est ok : l'opération va donc bien avoir lieu comme prévu ! Pour parfaire le tout, le transporteur vient tout juste d'arriver avec cet organe qui va être transplantée dans le corps de Cindy.

Elle a tout juste le temps d'embrasser ses parents, Ryan et son chéri, avant que les infirmières la préparent et l'emmènent en salle d'intervention. C'est un dur moment à passer pour toute la famille. Ce n'est pas rien comme opération non plus ! Vous savez bien qu'une opération n'est jamais sans risque.

Ils se disent au revoir, espérant fortement que ce ne sera pas un adieu. On ne peut jamais savoir à l'avance et cette idée traverse malheureusement l'esprit de chacun d'entre eux. Après de nombreuses embrassades et des « Je t'aime », Cindy s'éloigne et s'enfonce dans les couloirs de l'hôpital.

Une fois en salle d'intervention, l'anesthésiste vient voir Cindy et lui explique le déroulement à venir. Pendant ce temps, l'infirmière pose une intraveineuse dans son avant-bras, afin de pouvoir y passer les médicaments nécessaires et lui demande avec bienveillance :

— Comment vous sentez-vous Cindy ?

— Ça va merci. C'est un grand jour !

Elle n'est pas vraiment stressée, elle sait que cette opération est primordiale. Il lui faut cette greffe pour continuer à vivre, donc elle y va avec sérénité et positivité !

Cindy compte maintenant à rebours en partant de 10 : 10, 9, 8, etc., tout en pensant à sa nouvelle vie avec ce cœur sain. 7, 6, elle ferme les yeux et part très vite dans un sommeil profond. L'opération va donc maintenant pouvoir commencer !

Le chirurgien, après s'être minutieusement préparé, entre dans la pièce. Il s'approche de Cindy et démarre l'intervention par l'insertion d'un tube dans ses voies respiratoires, afin que la machine puisse respirer à sa place. Il pratique ensuite une incision au niveau du thorax et procède à la découpe du sternum, lui permettant d'accéder au cœur. Une étape cruciale arrive maintenant : il lui faut retirer délicatement le cœur de Cindy et le remplacer par le greffon, ce cœur sain qui a fait la route jusqu'à elle. Il le dépose précisément là où est sa place, puis il prend garde de relier celui du donneur aux principaux vaisseaux sanguins et tissus cardiaques de la jeune femme. Le grand moment de vérité vient d'arriver : ce cœur va-t-il battre correctement ?

Le chirurgien et tout le personnel soignant retiennent leur respiration, les yeux fixés sur cet organe pour l'instant inerte. Tout à coup… Boum, boum, boum, boum… Ce cœur vient de reprendre vie dans la poitrine de Cindy ! C'est magique ! L'ensemble de l'équipe applaudit cet instant de joie, cette merveilleuse réussite, avant de reprendre là où ils se sont arrêtés. Le chirurgien doit maintenant refermer Cindy qui portera une cicatrice de guerrière toute sa vie. Il prend son temps pour qu'elle soit la plus belle possible.

Après cinq heures d'intervention, le chirurgien sort enfin de la salle d'opération, rincé et se dirige vers la chambre de Cindy où ses proches attendent impatiemment de ses nouvelles.

— L'intervention s'est très bien passée, vous pouvez souffler. Votre fille a un nouveau cœur qui bat correctement dans sa poitrine. Elle est actuellement en salle de réveil, vous allez devoir patienter encore un peu pour la voir, mais sachez que tout va bien.

— Merci Docteur, on vous remercie sincèrement, dit la maman de Cindy en lui serrant la main chaleureusement.

Pour la famille, l'attente a été interminable durant cette longue intervention. L'angoisse était omniprésente et la peur de ne plus jamais pouvoir serrer leur fille, leur sœur dans leurs bras était oppressante.

Ils peuvent maintenant relâcher la pression, se détendre après tant de stress vécu. C'est dorénavant des sourires joyeux qui résident sur les visages de tous. Ils n'ont qu'une hâte à présent : la revoir et la serrer fort dans leurs bras.

Plusieurs heures plus tard, Cindy revient tranquillement à elle. L'infirmière retire donc le tube qui est inséré dans sa gorge pour lui permettre de respirer, car elle peut dorénavant le faire seule.

— Ça s'est bien passée ? demande-t-elle péniblement à l'infirmière.

— Oui, tout s'est parfaitement bien passé. Réveillez-vous tranquillement et on vous ramènera dans votre chambre ensuite.

— Merci…

Ses yeux lourds se referment directement sous l'effet de l'anesthésie qui ne s'est pas encore totalement dissipée.

Ce n'est que trois heures plus tard que Cindy arrive dans sa nouvelle chambre, un lieu stérile où uniquement le personnel soignant peut pénétrer. La jeune fille reste toujours somnolente, nauséeuse, avec quelques minimes douleurs, mais elle est surtout vivante et bien portante avec un cœur neuf. L'infirmière prévient ses proches de son réveil. La joie peut se lire immédiatement sur les visages de ceux qui l'attendaient depuis de longues heures. Même si rien n'est gagné pour le moment, car il faut que son corps accepte la greffe, ils y croient dur comme fer. Ils en sont convaincus, tout ira bien maintenant !

Un peu décontenancée devant la porte vitrée infranchissable de sa chambre, la famille peut cependant venir faire un petit coucou à Cindy. Ils en profitent, l'un après l'autre pour lui dire toute leur affection. Malgré tout, la fatigue étant importante. Il est temps pour la famille de se retirer et de laisser la jeune femme se reposer. Pour eux aussi la journée a été longue et épuisante. Ses parents et Ryan vont pouvoir rentrer chez eux tous les trois, ce qu'ils n'ont pas fait depuis de nombreux jours. Une bonne nuit de sommeil réparatrice est importante pour soutenir Cindy comme il le faut.

— On va te laisser dormir, ma chérie. A demain, repose-toi bien, lui dit sa maman tellement émue.

— Bisous ma puce, on revient demain matin. On est heureux pour toi, reprend son papa en lui envoyant un bisou de loin.

— Je t'aime, ma sister, lui déclare son petit frère en formant un cœur avec ses doigts.

Pour finir, Maxime déclare tout son amour à sa bien-aimée :

— Je t'aime tellement ma chérie, je suis fou de toi ! Nous allons vivre et vieillir ensemble ! Je reviens te voir demain. Bonne nuit !

Cindy, les larmes aux yeux et le sourire jusqu'aux oreilles a juste le temps de les remercier, avant de se rendormir paisiblement.

Les jours défilent et permettent à Cindy de reprendre des couleurs et de retrouver un peu d'énergie. Au bout du 5e jour, elle a même pu reprendre une alimentation normale. Elle est ravie de pouvoir faire ses aurevoirs à la sonde qui n'est pas très agréable.

Elle doit réaliser des bilans sanguins tous les jours, afin de vérifier qu'il n'y a pas de problème suite à la greffe, ce qui c'est bien le cas, tout va pour le mieux. Les résultats sont très encourageants ! Elle doit tout de même rester dix à quinze jours en service de réanimation, évitant ainsi toute complication, mais elle va bientôt pouvoir retourner en chambre.

Les visites sont actuellement compliquées et étranges. Les visiteurs doivent revêtir une tenue complète, avant de pouvoir entrer dans la chambre. Effectivement, Cindy étant bien affaiblie, ce n'est pas le moment de lui transmettre un microbe quelconque.

# Chapitre 9
# Un nouveau cœur qui bat

Son séjour à l'hôpital se déroule plutôt bien. Même si les infirmières sont aux petits soins pour elle et que ses proches viennent la voir régulièrement, Cindy trouve tout de même le temps long ! Elle ressent le manque de ses amis, s'inquiète pour son bac qui va avoir lieu en juin. Elle ne sait pas encore si elle pourra le passer comme tous les adolescents de son âge et ça l'embête. Elle va prendre énormément de retard sur ses cours ! Même si ce n'est pas la priorité actuellement, elle espère sincèrement pouvoir le passer et surtout l'obtenir.

Elle s'habitue à ses comprimés qu'elle prend tous les jours pour éviter un rejet. Ils sont très importants pour ce nouvel organe qui fait partie d'elle et devra les prendre toute sa vie. Tout comme les nouvelles habitudes de vie qu'elle va devoir mettre en place au quotidien : sport, alimentation équilibrée et variée. Pour cela, elle voit régulièrement une diététicienne qui lui donne tous les conseils et informations nécessaires pour le futur. Elle doit dire adieu aux soirées pizzas et burgers, mais ce n'est rien, comparé à ce don de vie qu'elle a reçu. Elle se sent redevable face à ce donneur et à ses proches ; elle se doit de prendre soin d'elle, de son corps et surtout, de son cœur qui bat dans sa poitrine.

Les parents de Cindy entrent dans sa chambre :

— Coucou ma chérie, comment te sens-tu ? demande sa mère en l'embrassant sur le front.

— Coucou maman, ça va merci. Je me sens de mieux en mieux.

— Bonjour ma puce, on est ravi pour toi !

— Merci papa. Comment va Ryan ?

— Il va beaucoup mieux depuis ton opération. Nous aurions sûrement dû être plus précis avec lui. Il a dû avoir extrêmement peur ! Il s'était tant renfermé sur lui-même qu'il s'était retrouvé emprisonné dans sa tristesse. Il s'est repris en main et s'est ressaisi, même à l'école. Ses notes remontent !

— Ah ! Je suis rassurée d'apprendre ça. Vous lui ferez un bisou de ma part.

— Oui, ne t'inquiète pas. Il viendra te voir demain, il n'a pas école, lui répond sa mère.

Ses parents s'assoient près d'elle et ensemble, ils discutent de la pluie et du beau temps. Tout à coup, Cindy lance une conversation toute autre :

— Je sais que le donneur doit rester anonyme, mais j'aimerais tant remercier ses proches. C'est grâce à eux si je suis vivante aujourd'hui !

— Je sais, ma chérie. J'y pense aussi très souvent. Ils ont sauvé ma petite fille, mais tu sais, s'ils ont pu te faire ce don, c'est uniquement parce qu'ils ont perdu un proche. Ça doit être terrible pour eux ! lui répond sa maman, peinée.

— Si seulement je pouvais les remercier, anonymement bien sûr et leur dire à quel point, je pense à ce donneur.

— On te comprend, Cindy. C'est tout récent encore. Tu vas t'habituer à ce nouveau cœur et il sera le tien ! Plus celui du donneur, mais vraiment le tien. Ce sera plus facile à vivre dans quelques temps, j'en suis certain, lui confie son père en lui prenant la main.

Une des infirmières arrive au même instant et sans le vouloir entend la fin de cette conversation.

— Bonjour Cindy, je viens te faire ta prise de sang, mais je peux revenir un peu plus tard si tu préfères ?

— Non, ne vous inquiétez pas. Allez-y on va revenir juste après, dit la maman comme sauvée par le gong.

C'est vraiment difficile de parler de cette famille qui a dû faire un deuil, mais qui malgré ça a aussi sauvé leur fille. C'est deux émotions complètement à l'opposé qui s'entrechoquent sans cesse !

Cindy ressent le besoin d'en parler, d'exprimer sa gratitude et toute sa reconnaissance envers eux, ce que l'infirmière a bien compris.

— Cindy, excuse-moi, mais en entrant, j'ai malencontreusement entendu ta conversation avec tes parents. Dis-moi, tu ressens un fort besoin de remercier les proches du donneur ?

— Oui, j'aimerais tellement pouvoir le faire ! Leur dire à quel point je les remercie, leur dire que je vais prendre soin de ce cœur !

— Je connais une association qui permet aux receveurs d'écrire une lettre pour les donneurs. Tout cela reste bien sûr anonyme. Peut-être que ça pourrait te soulager et t'apporter un mieux-être ?

— Oh oui, j'en suis certaine ! Merci Clara.

A force de soins et de discussion, Cindy connaît tous les prénoms des infirmières et Clara est celle avec qui le courant passe le plus. Il faut dire qu'elle n'a seulement 24 ans.

Elle finit donc sa prise de sang et demande aux parents de revenir :

— Comme je le disais à Cindy, il y a une association qui permet d'écrire à son donneur, sans rompre l'anonymat. Votre fille aimerait beaucoup les contacter, mais pour cela, je dois avoir votre accord, vu qu'elle est mineure.

— Tu es vraiment sûre de vouloir leur écrire ma chérie ?

— Oui maman, j'en suis certaine. Ça me permettra de mieux accepter ce nouveau cœur qui bat en moi et j'enlèverai un poids qui pèse lourd sur moi !

Les deux parents se regardent alors et se prennent la main. Ils veulent que leur fille soit heureuse !

— Très bien, c'est ton choix, ma puce. Nous le comprenons et l'acceptons. Tant que toutes les informations restent anonymes, nous sommes d'accord.

— Oh merci, merci infiniment à vous deux.

Cindy montre un large sourire et embrasse ses parents qui acceptent sa décision.

Quelques jours plus tard, Cindy prépare donc une lettre pleine d'émotions et entre en contact avec l'association qui va ensuite transmettre sa lettre :

*Madame, Monsieur,*

*Je tiens sincèrement à vous remercier de m'avoir permise de vivre.*

*Sachez que je pense très souvent à cette personne qui a perdu la vie et à son cœur qui bat en moi. Je vous promets d'en prendre soin.*

*Je suis très reconnaissante envers votre proche et vous-même. Je ne vous remercierai jamais assez. Je sais que vous vivez des moments très difficiles ; je vous envoie toutes mes pensées les plus sincères.*

*Cordialement.*

*Je ne cesserai jamais de penser à vous.*

Écrire ses mots et poser ses émotions sur papier lui permettent de lâcher prise, de moins culpabiliser et d'accepter ce don de vie qui lui a été offert.

A vingt-cinq minutes de là, les parents de la donneuse sont réellement surpris lorsqu'ils reçoivent l'appel de l'association et décident de se rendre sur place. Ils ont le choix de lire ou non cette lettre. La maman garde dans ses mains, sur sa poitrine, ce précieux papier de longues minutes, sans savoir quoi faire ! Puis avec son mari, ils décident finalement de l'ouvrir !

C'est si éprouvant de lire les mots de Cindy, mais ça leur apporte également un peu de soulagement. Ils savent maintenant que le cœur de leur défunte fille bat dans le corps d'une autre, qu'il fonctionne merveilleusement bien et surtout qu'il a sauvé la vie de cette jeune fille ! Ils sont fiers de leur fille qui a voulu faire don de ses organes, après sa mort.

# Chapitre 10
# Une nouvelle vie

Cindy se sent de plus en plus en forme. D'ailleurs, elle peut maintenant se lever de son lit et s'habiller seule. Se faire belle pour les visiteurs est très important pour elle ; ça lui fait du bien au moral de pouvoir enfiler autre chose que la blouse d'hôpital.

Les médecins sont satisfaits des résultats de Cindy. Les prises de sang, son appétit, son moral, tout montre qu'elle va pouvoir sortir de l'hôpital très prochainement. C'est justement deux semaines plus tard que le jour du retour à la maison est programmé. Vous savez quoi ? Ça tombe le jour de ses dix-huit ans. Incroyable, n'est-ce pas ?

Cette peur de la perdre qui l'a submergée, cet amour inconditionnel qui l'a porté et cette envie folle de vieillir à ses côtés qui s'est confirmée, sont dû à ce périple qu'ils ont dû traverser, si jeunes. Alors c'est en toute discrétion que Maxime prépare son arrivée avec l'aide de sa famille. Il veut faire les choses en grand pour sa belle ! On ne fête ses dix-huit ans qu'une seule fois, il faut que ce soit parfait !

Alors que Cindy se prépare à son départ de l'hôpital et que les infirmières s'occupent des derniers détails, Maxime, lui, peaufine sa surprise. Pour le grand jour, les parents de Cindy lui apportent une jolie robe qu'elle a plaisir à enfiler. Elle prend ensuite le temps de se redonner un peu de couleurs avec un petit peu de maquillage et voilà qu'elle est fin prête pour son retour au domicile !

Clara, son infirmière fétiche, arrive avec un fauteuil roulant, afin qu'elle puisse se rendre tranquillement jusqu'à la voiture. Ryan est assis sur ses genoux et profite de l'instant ! Leurs parents les poussent jusqu'à la sortie, en arpentant les couloirs de l'hôpital. Leurs rires font écho et le bonheur s'affiche sur leurs visages.

Sur la route, les quatre membres de la famille sont particulièrement silencieux. Il faut dire qu'ils n'ont pas partagé d'instant ensemble depuis de très longues semaines maintenant et qu'ils ont vécu de terribles moments. Ils sont donc tous partagés entre la peur, la joie, l'excitation ou autres.

Les voilà arrivés chez eux ! Ses parents et Ryan descendent en premier. Puis son père vient rapidement lui ouvrir la portière, telle une princesse devant son royaume. Elle découvre, ébahie, une banderole « Joyeux Anniversaire Cindy » accrochée sur le porche de la maison. C'est un jour très important pour elle ! Ça représente ses dix-huit ans bien sûr, mais aussi son premier anniversaire après la greffe ! Elle a les larmes aux yeux et serre fort ses parents et son petit frère en les remerciant.

Lorsqu'elle franchit l'entrée, sa musique préférée se met en route et Maxime, caché jusque-là, s'approche d'elle, lui tend délicatement la main et l'invite à danser sur ce slow qu'elle apprécie tout particulièrement. C'est un moment rempli de joie et d'amour. Les parents de Cindy ne peuvent contenir leurs larmes d'émotions, sachant déjà ce qu'il va se produire ensuite.

Lorsque la musique s'arrête, il pose un genou au sol, ouvre un bel écrin et lui fait une magnifique demande en mariage :

— Ma chérie, je t'aime tellement, tu es la femme de ma vie. Je ne pourrai pas supporter de vivre sans toi ! Acceptes-tu devenir ma femme ?

Cindy découvre alors une sublime bague ornée d'une très jolie perle. Elle est sous le choc ; elle ne s'y attendait pas du tout ! Elle lui répond, la voix toute tremblante et pleine d'amour :

— Oh oui, mon chéri ! Bien sûr que je le veux ! Je t'aime passionnément !

A dix-huit ans, sa vie prend un merveilleux tournant avec son nouveau cœur et l'homme de sa vie à ses côtés. C'est son plus bel anniversaire ! Certes, il n'y a pas de bonbon, alcool, soda, pizza ou autre cochonnerie que les adolescents aiment tant. Il n'y a pas non plus la tonne de potes prévue et la piste de danse imaginée dans ses rêves, mais elle a un nouveau cœur et un homme tellement attentionné à ses côtés. Elle est si heureuse qu'elle veut savourer cet instant magique avec ses proches.

Durant les semaines qui passent, Cindy prend ses marques et s'habitue à ces nouveaux battements de cœur qui frappent dans sa poitrine. Il lui faut du temps pour accepter qu'une personne ait dû perdre la vie, afin que la sienne soit sauvée ! Le sentiment de culpabilité est parti, mais celui de la reconnaissance ultime est toujours aussi fort. Cette femme qui a offert son cœur à une autre est dans les pensées des proches de Cindy au quotidien. Elle fera partie d'elle et cela pour toujours !

Quelques semaines plus tard, les deux tourtereaux et Marina doivent passer leur BAC. Tous les trois se sont soutenus, entraidés jusqu'au jour J. C'est avec émotion qu'ils vont maintenant découvrir leurs résultats. Ils s'approchent du tableau d'affichage avec appréhension et excitation ! Main dans la main, chacun cherche son nom sur les affiches.

— Je l'ai ! J'ai mon bac ! crie alors Maxime euphorique.

— Moi aussi ! Je suis trop contente ! explose de joie Marina.

— Et toi ma puce ? Tu es où ? demande inquiet Maxime.

— Je ne sais pas ! Je ne me trouve pas. Je suis peut-être sur l'autre liste ! désespère Cindy.

Le temps de descendre leurs doigts sur la liste et là…

— Regarde Cindy, c'est bon ! Tu l'as eu toi aussi ! Tu as réussi ! déclare Marina, ravie pour son amie.

Cindy pleure alors de joie, d'excitation !

— Bravo ma chérie ! lui dit Maxime en l'embrassant.

Voilà, les trois compères ont maintenant leur bac en poche ! Fierté et excitation les accompagnent durant plusieurs jours !

Ce 11 mars 2023, un an après la greffe, Cindy pense à tout ce qui lui est arrivée, tout ce qu'elle a traversé et bien sûr, elle a une énorme pensée pour sa donneuse et ses proches ! C'est un jour important à ses yeux ! Chaque année, elle fêtera maintenant deux anniversaires, le sien comme elle l'a toujours fait et celui de la greffe qui lui a donné une seconde chance, une seconde vie !

*****

Cindy et Maxime avaient prévu la date de leur mariage pour le jour de son 20e anniversaire. Il fallait prévoir le temps nécessaire aux préparatifs, attendre le retour d'une santé optimale pour Cindy, afin qu'elle puisse profiter pleinement de ce merveilleux jour et bien sûr, avoir les finances nécessaires. Avec l'aide de leurs parents respectifs, les tourtereaux ont pu voir les choses en grand. Ils ont privilégié le recyclage et les créations manuelles pour la décoration. Cindy a flashé sur une magnifique robe blanche ornée de dentelle, portée qu'une seule fois et à un prix très raisonnable. Un superbe bustier met sa poitrine en avant, laissant apparaître sa cicatrice qui lui rappelle chaque jour pourquoi elle est encore vivante aujourd'hui !

Ils profitent de ce jour magnifique qui va rester gravé jusqu'à la fin de leur vie. Leur amour est éternel, leur passion l'un pour l'autre est enivrante !

# Table des matières